Introduction aux discours
sur la poésie descriptive

Montpellier 1859

INTRODUCTION

AU

DISCOURS SUR LA POÉSIE DESCRIPTIVE

DE M. JUNIUS CASTELNAU

ANCIEN CONSEILLER A LA COUR D'APPEL DE MONTPELLIER

PAR

M. SAINT-RENÉ TAILLANDIER

PROFESSEUR DE LITTÉRATURE FRANÇAISE A LA FACULTÉ DES LETTRES DE MONTPELLIER

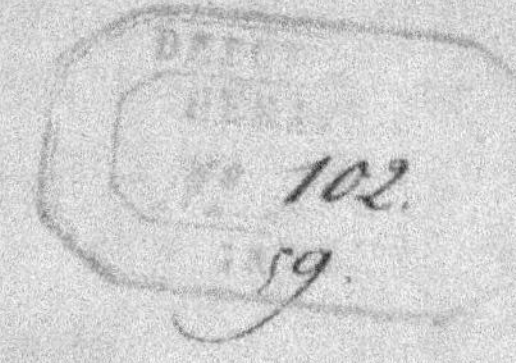

MONTPELLIER

BOEHM, IMPRIMEUR DE L'ACADÉMIE

—

1859

INTRODUCTION

L'essai littéraire que nous soumettons ici au public est l'œuvre d'un Magistrat qui a laissé à Montpellier les plus honorables souvenirs. M. Junius CASTELNAU, après avoir parcouru avec autant de zèle que de talent les degrés inférieurs de l'ordre judiciaire, était arrivé, jeune encore, à la Cour d'appel de Montpellier. La Cour et le barreau, aussi bien que les justiciables, ont pu apprécier l'élévation de son caractère, la droiture de son esprit, l'étendue et la sûreté de ses connaissances dans la pratique des lois ; il n'a été donné qu'à un petit nombre de ses amis les plus intimes de deviner son amour passionné des lettres et le culte assidu qu'il leur rendait. Esprit discret et modeste, il travaillait à l'écart, aussi soigneux d'éviter le bruit que d'autres sont ardents à le chercher. Hélas! il a fallu que la mort, une mort cruelle et bien inattendue, vînt le frapper à la force de l'âge, pour que ces écrits et ces notes, confidents de ses longues études, fussent arrachés à l'ombre où il les enfermait, et vinssent révéler l'activité de son intelligence.

Les parents de M. Junius Castelnau, ses frères et ses neveux, ont imité sa discrétion. Fidèles exécuteurs de sa pensée, animés d'un respect délicatement senti pour ses habitudes solitaires, ils ont publié d'une main pieuse, et seulement pour les membres de sa famille, quelques-unes de ses notes, les plus intéressantes peut-être, celles où se montre tout entier l'esprit noblement studieux et réfléchi, le voyageur épris des spectacles de la nature et des merveilles de l'art[1]. Des écrits laissés par M. Junius Castelnau, trois seulement verront le jour : le premier est une histoire de l'ancienne Société royale des sciences de Montpellier[2]; le second un essai de bibliographie du Languedoc[3] : tous les deux destinés à l'impression par l'auteur. Quant au troisième, il a semblé à la famille du laborieux Magistrat qu'elle devait en cette occasion se départir de ses principes. Il s'agit d'un travail déjà livré à une sorte de publicité,

---

[1] *Notes et souvenirs de voyages dans les Cévennes, les Alpes, les Pyrénées, en Allemagne, en Belgique et en Italie*, par Junius Castelnau, 2 vol. Montpellier, 1857.

[2] La publication de cette œuvre importante a été faite récemment; elle est due aux soins de M. Eugène Thomas, archiviste du département de l'Hérault. Voyez *Mémoire historique et biographique sur l'ancienne Société royale des sciences de Montpellier*, par Junius Castelnau, 1 vol. in-4°. Montpellier, 1858.

[3] Voici le titre de ce travail, qui doit être publié par la Société archéologique de Montpellier : *Essai d'une bibliographie du Languedoc en général, du département de l'Hérault et de la ville de Montpellier en particulier.*

d'un travail couronné, il y a plus de trente ans, par une Académie de l'Europe du Nord, et que l'histoire littéraire peut réclamer. Avait-on le droit de condamner à l'oubli un livre honoré de si sérieux suffrages ? Devait-on se laisser arrêter par cette considération, que M. Castelnau aurait sans doute modifié son travail, complété certaines parties, élucidé les théories, étendu ou changé les exemples ? Toutes ces questions ont été posées, tous ces scrupules ont été résolus. Ce livre, que M. Castelnau n'eût peut-être pas donné sous cette forme, mais que ses héritiers n'avaient pas le droit de supprimer, c'est ce *Discours sur la poésie descriptive*, que nous publions ici.

C'est une épreuve redoutable pour une œuvre de cette nature, qu'une publication aussi tardive. Trente-quatre ans se sont écoulés depuis le jour où M. Castelnau écrivait cette dissertation : Que de transformations littéraires accomplies pendant cette période ! Quels progrès dans la critique !

Que d'horizons nouveaux ! Le mouvement d'idées qui a régénéré chez nous le sentiment de la poésie commençait à peine en 1824. Dire en peu de mots ce qu'était l'écrivain, à qu'elle occasion il a composé cette étude, ce qu'il devait aux idées de son temps et ce qu'il a pu y ajouter, c'est tracer simplement une introduction nécessaire au lecteur. A Dieu ne plaise qu'on veuille consacrer des pages ambitieuses à un esprit si discret ! On ne se propose pas autre chose que de rappeler quelques dates.

M. Junius Castelnau est né à Montpellier, le 17 janvier 1795. Il appartenait à une famille protestante où il rencontrait de longues traditions d'honneur, de beaux exemples de services publics et de vertus privées. Après ses premières études dans le lycée de sa ville natale, il alla terminer son éducation en Allemagne et en Hollande. Ces impressions d'un voyage entremêlé de sérieux travaux ne s'effacèrent jamais de son esprit. Il conçut un goût très-vif pour la littérature allemande , sans renoncer à la rectitude du génie français. Revenu à Paris au mois de janvier 1812 , il y suivit les cours de l'école de droit et fut reçu licencié à la fin de l'année 1815. Les dispositions graves et studieuses de son esprit le destinaient à la magistrature. Après avoir porté la robe d'avocat à Paris pendant deux ans (1816—1817), il revint dans sa ville natale en 1818 , et le 31 août de l'année suivante il était nommé conseiller-auditeur à la Cour royale de Montpellier. C'est alors que le jeune magistrat , sous l'impression récente encore de son voyage d'Allemagne et mûrissant les idées nouvelles qu'il y avait recueillies, se livra pendant ses loisirs à l'étude de la philosophie de l'art. Quelques années après, le 18 novembre 1827 , il était chargé d'un service plus actif : nommé président d'une chambre temporaire de justice à Espalion , il eut l'occasion de faire apprécier dans ces fonctions exceptionnelles les sérieuses

qualités qui le distinguaient. On ne lui fit pas at-
tendre sa récompense : quinze mois plus tard , il
fut rendu , non plus comme auditeur, mais en
qualité de conseiller titulaire , à la Cour de Montpellier. A partir de ce moment , M. Castelnau ne
renonce pas aux lettres ; la Société archéologique
de Montpellier, si estimée pour ses investigations
locales, reconnaît en lui un de ses membres les
plus actifs et presque un fondateur [1]; mais ces

---

[1] C'est l'hommage que lui rend M. Eugène Thomas, un
des érudits qui font le plus d'honneur à cette docte Compagnie.
Je cite ses paroles : « M. Castelnau fut, en 1835, pour ainsi
dire, un des fondateurs de notre Société archéologique,
comme il le fut plus tard de notre Académie. Dans l'une et
l'autre Société, il fut un des éléments les plus nécessaires,
un des membres les plus zélés et les plus constants... Son
activité suffisait à tout ; et quand il prit les rênes de la pré-
sidence, ses rapports avec l'autorité supérieure, ses démar-
ches assidues pour assurer la prospérité de ces établissements,
ses observations prudentes et délicates, ses propres investigations, l'impulsion qu'il savait donner aux corps dont il était
la tête : tout montra jusqu'à quel point M. Castelnau poussait
l'amour des sciences et des lettres. (*Notice sur la vie et sur les
ouvrages de M. Junius Castelnau*. Montpellier, 1858, pag. xiv.)

travaux plus spécialement littéraires, ces études d'esthétique auxquelles se rapporte l'ouvrage dont nous avons à parler ici, appartiennent surtout à la période précédente, à celle où, simple conseiller-auditeur, ayant plus de loisirs, excité d'ailleurs par le mouvement qui agitait alors la littérature, il prit part, une part discrète mais sérieuse, à la rénovation de la critique.

Le 18 septembre 1824, la Société hollandaise des Lettres avait mis au concours le sujet suivant : « *Donner une dissertation sur ce qui constitue* »*l'essence et le mérite de la poésie descriptive* »*dans les différents genres, avec des exemples* »*pris dans les poètes de l'antiquité, du moyen* »*âge et des temps modernes.* » M. Castelnau, dans ses méditations sur les vicissitudes du goût littéraire, avait été frappé du rôle que la nature joue chez les poètes modernes ; il avait là-dessus des idées personnelles et assez neuves alors ; ce sujet devait lui sourire ; il coordonna ses pensées, et son mémoire (c'est celui-là même que nous publions) remporta le prix.

Ce qui frappe tout d'abord dans l'écrit de M. Castelnau, c'est l'instinct philosophique de l'auteur, c'est le besoin qu'il éprouve de définir clairement son sujet, d'en fixer l'essence, les transformations et les limites. Les poétiques consacrées ne donnent que de vagues formules au sujet de la poésie descriptive ; M. Castelnau s'applique à être rigoureux et précis. On confond d'ordinaire la poésie descriptive et la poésie de paysage ; l'ingénieux critique distingue avec soin la poésie descriptive en général, et cette poésie particulière qui se propose de peindre les spectacles de la nature. La première est de tous les temps, et elle apparaît dans les œuvres les plus diverses de l'inspiration ; si l'épopée surtout est son domaine, on la retrouve aussi dans le drame et dans l'ode ; la seconde appartient aux peuples d'une culture avancée, principalement aux peuples des contrées du Nord ;

les littératures germaniques en offrent les plus heureux exemples, et c'est d'Allemagne et d'Angleterre qu'elle a passé chez nous. Tel est le résumé des principes de M. Castelnau. Qu'il y ait parfois dans la définition du sujet une circonspection un peu méticuleuse, des distinctions subtiles et multipliées, j'y consens ; on n'en est pas moins charmé de cette finesse d'esprit, de ce soin scrupuleux de la pensée, de ces habitudes loyales du philosophe et du juge.

La méditation sérieuse n'est jamais stérile. En réfléchissant avec tant de scrupule à la question qu'il voulait résoudre, M. Castelnau a étendu et fécondé sa matière ; d'un sujet qui prêtait au lieu commun, il a fait une œuvre sans banalité. On remarquera dans la première partie son goût si vif des anciens, ces citations heureusement choisies qu'il emprunte à Homère et à Virgile ; un mérite plus original, c'est le sentiment qu'il a de l'inspiration moderne et sa connaissance précise

des littératures étrangères. On n'était guère initié
en ce temps-là aux secrets de la poésie du Nord.
Mme de Staël, dans son beau livre de l'*Allemagne*, avait donné une brillante introduction ;
elle avait inspiré le goût du spiritualisme et de
l'imagination germanique, plutôt qu'elle n'avait
réussi à en faire connaître les détails. M. Castelnau
ne connaissait pas l'Allemagne par les traducteurs ;
il la savait directement. Il avait pu apprécier dans
l'idiome original les paysages allemands et italiens
de Matthisson, les peintures alpestres de Haller,
les descriptions printanières de Kleist. Il aimait
surtout la grâce rêveuse de Matthisson, le plus
récent de tous ces poëtes auxquels il emprunte
ses exemples. Matthisson, un peu oublié aujour-
d'hui, était placé alors au premier rang parmi les
chantres de la nature. Il avait parcouru l'Allemagne, l'Italie, la France méridionale, et partout,
en fin paysagiste, il avait recueilli des tons, des
lignes, des jeux de lumière et d'ombre dont sa

poésie avait ingénieusement profité. On était encore sous le charme de ces harmonieux tableaux. Schiller les avait loués magnifiquement dans une dissertation où brillent les vues les plus élevées sur la poésie et la peinture de paysage [1]. Ces gracieux poèmes, si souvent imprimés depuis 1785, Matthisson lui-même venait de les réunir dans une dernière et définitive édition (1821). Encore une fois, il n'y avait pas alors, parmi les poètes qui ont chanté les scènes familières ou splendides du monde extérieur, un nom plus illustre et plus aimé que celui de Matthisson.

Si je rappelle ces détails, c'est afin de montrer que M. Castelnau était parfaitement au niveau de la science littéraire de son temps. Publié à la date où il fut écrit, ce livre aurait été goûté en Allemagne. Aujourd'hui, la critique ne procède plus

---

[1] Voyez *Schiller's sämmtliche Werke. Zwölfter Band.*, *über Matthisson's Gedichte.*

de la même manière ; la philosophie de l'art
s'appuie sur l'histoire , ou plutôt l'histoire même
de l'art en contient la philosophie. Au lieu de dis-
cuter d'une façon abstraite la nature et les lois
d'un genre de poésie , on suit dans l'histoire les
développements qu'il a traversés , on cherche
dans quelles conditions il s'est produit , sous
quelles influences il s'est modifié de siècle en siècle , quel nouveau caractère il a revêtu en passant
d'un peuple à un autre peuple , d'une société à
une société différente. C'est l'esthétique vivante
remplaçant l'esthétique de l'école.

Voyez, par exemple, dans le second volume du
Cosmos de M. de Humboldt, l'impression produite
par les spectacles de la nature sur les divers peuples de l'Europe aux divers âges de la civilisation;
il y a là un magnifique tableau de littérature
comparée. Le sujet que M. Castelnau a traité avec
une rigueur philosophique, M. de Humboldt nous
le déploie, pour ainsi dire, avec toutes les richesses

de la critique nouvelle. Les Hindous et les Persans, les Hébreux et les Arabes, la Grèce d'Homère et celle d'Alexandre, les Romains, les Pères de l'Église, les peuples du moyen âge, Dante et les *Minnesinger* apparaissent tour à tour, et l'historien du Cosmos explique si bien la diversité de leurs accents en face de l'univers, que nous voyons le sentiment de la nature grandir et s'épurer d'âge en âge dans le cœur même du genre humain.

M. Castelnau, si attentif aux progrès de la critique littéraire, n'eût pas méconnu les avantages de cette méthode. Il aurait profité aussi des richesses nouvelles de la poésie, et je suis sûr qu'il aurait emprunté des exemples pleins de vie et d'intérêt aux maîtres qui, depuis trente ans, ont chanté la nature avec un sentiment si élevé, avec une grâce si pénétrante. N'est-ce pas l'un d'eux qui a dit :

Immuable nature, apparais aujourd'hui !
Que chacun dans ton sein dépose son ennui !

> Tâche de nous séduire à tes beautés suprêmes,
> Car nous sommes bien las du monde et de nous-mêmes;
> Si tu veux dévoiler ton front jeune et divin,
> Peut-être, heureux vieillards, nous sourirons enfin[1]!

Il y a là certainement quelque chose de plus que dans les vers de Matthisson. Pourquoi ce gracieux chanteur est-il si abandonné aujourd'hui, après avoir excité, il y a trente ans, des transports d'enthousiasme? Parce que l'homme est trop absent de ses paysages. Gœthe, dans ses merveilleux *Lieder;* Novalis, dans ses *Hymnes à la nuit;* les chanteurs de l'école souabe, Louis Uhland et Justinus Kerner, Gustave Schwab et Édouard Moerike, les poètes autrichiens qui se rattachent à eux, Nicolas Lenau, Anastasius Grün, Maurice Hartmann, tous ces chantres, si différents d'ailleurs, obéissent à une même inspiration et à une inspiration plus élevée que celle de Matthisson, quand ils peignent en quelque sorte les sourires printaniers de la na-

[1] Brizeux; *Marie.*

ture ; ils veulent consoler l'homme et lui rendre la sérénité. N'est-ce pas aussi le même sentiment qui se fait jour dans maints tableaux dus à nos lyriques français du XIXe siècle? Victor Hugo et Lamartine, Sainte-Beuve et Alfred de Vigny, Musset et Brizeux ont tracé, en bien des occasions, d'admirables scènes de la nature. Est-il nécessaire de rappeler les grands paysages alpestres de l'auteur de *Jocelyn*, les doux paysages bretons de l'auteur de *Marie?* Dans les solitudes de Valneige comme dans la vallée du Scorf, le critique aurait trouvé d'éclatantes confirmations de ses principes.

Si M. Castelnau, après avoir longtemps gardé ce travail en porte-feuille, s'était décidé enfin à le publier, nul doute qu'il eût mis à profit toutes ces richesses de l'imagination française rajeunie. Il était fait pour en comprendre la valeur. Ce sentiment précis de la réalité, qui a succédé aux descriptions vagues et à la poésie convenue, c'était précisément le mérite qu'il appréciait le plus , et celui que l'étude, les années, la vue des plus belles contrées de l'Europe lui avaient rendu familier. Nous en avons une preuve intéressante dans ces *Notes et souvenirs de voyages*, que des mains pieuses ont recueillis après sa mort. Chaque année, dès que les vacances le laissaient libre, il quittait Montpellier et partait pour l'Italie ou la Suisse, pour les Pyrénées ou l'Allemagne. M. Castelnau n'était pas un voyageur ordinaire. Ce qu'il cherchait dans ces excursions annuelles , est-il besoin de le dire? ce n'étaient pas ces distractions que poursuivent les désœuvrés ; ce n'était pas non plus le repos nécessaire aux existences laborieuses. Ses voyages étaient pour lui une étude , et la plus chère des études. On voit qu'il s'y prépare avec un soin scrupuleux ; il est de l'école des voyageurs alpestres, des voyageurs amoureux des montagnes et qui savent observer et peindre , comme Ramond ou Saussure. Ce sont les montagnes qui l'attiraient avant tout, les montagnes de Suisse et d'Italie, et aussi celles de notre France méridionale, les Pyrénées et les Cévennes. Le premier de ces récits de voyage est daté de 1822. Le jeune magistrat était allé visiter ces Alpes, où il retournera tant de fois et qu'il étudiera avec la précision du savant et le sentiment du peintre. Les années suivantes, nous le rencontrons au Mont-Dore, au Mont-Lozère, dans les Pyrénées, dans le Cantal, dans les Basses-Alpes, dans les montagnes du nord-ouest de l'Hérault, de Mazamet à Saint-Pons; puis il quitte de nouveau la France, il va revoir et revoir encore l'Oberland et la Savoie. Ce ne sont pas seulement ces grands paysages qui captivent son intelligence : il a étudié Rome, il a visité bien des villes d'Allemagne et de Belgique; mais il est évident que la nature, et surtout la nature alpestre, a pour lui un charme particulier. Ce journal sans prétention, ces notes si exactes, si précises, nous révèlent, mieux que des exclamations d'enthousiasme, le culte du voyageur pour ces Alpes chéries. Son âme discrète, un peu craintive, où le sentiment poétique était comme voilé, s'épanouissait, je le devine, au milieu de ces solitudes grandioses. Encore une fois, l'écrivain qui a tracé ces notes, celui qui avait étudié de si près ces beaux spectacles et qui en avait si vivement senti tous les aspects, aurait eu bien des choses nouvelles à exprimer, s'il eût publié après trente ans le mémoire couronné en 1826 par la *Société hollandaise des lettres*.

J'ai indiqué les points où ce livre n'est plus tout à fait au niveau de la critique. Marquons ceux où l'auteur, devançant son époque, a établi des principes que devait confirmer l'avenir. On s'occupe beaucoup aujourd'hui, en Allemagne, des théories littéraires du poète de *Don Carlos* et de *Guillaume Tell*. Pendant longtemps, Schiller, si admiré pour ses drames, avait été jugé inférieur à lui-même dans ses travaux de critique et d'histoire. On est bien revenu de ce jugement superficiel ; sa philosophie de l'art a été l'objet des plus sérieuses études ; ses articles littéraires, ses mémoires *sur le sublime, sur le pathétique, sur l'art tragique, sur la poésie naïve et sentimentale,* ses *lettres sur l'éducation esthétique du genre humain,* ont révélé des trésors , et le poète, déjà si grand au théâtre, a été placé aussi au premier rang parmi les critiques de l'Allemagne. Récemment encore, lorsque M. Alexandre de Humboldt esquissait à larges traits l'histoire de la poésie de la nature chez tous les peuples, il invoquait, à propos de la littérature descriptive, les principes établis par l'auteur de *Guillaume Tell.* M. Castelnau, dès 1824, avait compris toute l'importance de Schiller dans le domaine de la philosophie de l'art. Il discute son opinion sur la poésie de paysage, et tout en se séparant de lui sur plusieurs points, il signale avec enthousiasme la grandeur et la fécondité de sa critique.

On devine déjà dans ce mémoire l'écrivain qui publiera l'année suivante l'intéressant *Essai sur la littérature romantique*[1]. C'est là un des plus sérieux titres de M. Castelnau. On était en 1824. Une littérature nouvelle venait de naître : Lamartine avait publié en 1820 ses premières *Méditations* ; Victor Hugo, en juin 1822, avait donné le premier volume de ses *Odes* ; six mois après, il faisait paraître *Han d'Islande*, et au commencement de 1824, le second volume des *Odes et Ballades*. Enfin, celui qui avait précédé tous les autres, un chantre méditatif, un artiste soigneux et fin[2], M. Alfred de Vigny, écrivait de 1815 à 1825, à travers sa vie errante et militaire, ses

---

[1] Voyez *Essai sur la littérature romantique*, 1 vol. in-8° (sans nom d'auteur). Paris, 1825.

[2] Expressions de M. Sainte-Beuve dans l'exquise épître des *Pensées d'août*, adressée à M. Villemain :

Hugo puissant et fort, Vigny soigneux et fin.

plus belles compositions poétiques, *Dolorida, le Somnambule, la Femme adultère, la Neige, le Cor* et surtout *Éloa et Moïse*. Ces tentatives, les unes bizarres, les autres vraiment fécondes, toutes marquées d'un caractère de nouveauté hardie, avaient produit une singulière émotion. Une polémique ardente s'éleva au sein de la presse. Quel était l'esprit véritable de la littérature romantique ? Quels en étaient l'inspiration et le but ? La discussion sur ce point était aussi confuse que violente. Si les adversaires de l'art nouveau ne montraient, en général, qu'un médiocre sentiment de la critique, ses défenseurs étaient bien loin encore d'obéir à des principes nettement définis. L'instinct seul les guidait et non la philosophie de l'art. Heureusement ces stériles batailles devaient bientôt faire place à des controverses sérieuses. Au mois de septembre 1824, un journal paraît qui va rallier les forces dispersées de la génération nouvelle et fonder une critique intelligente et libre. C'est *le Globe*, sous l'active influence de M. Dubois. Eh bien ! au moment même où tant d'esprits d'élite, M. Dubois et M. Magnin, M. Sainte-Beuve et M. Ampère, M. Vitet et M. de Rémusat, donnaient ainsi une direction précise aux vagues instincts de l'inspiration romantique, le jeune magistrat de Montpellier, dans le silence et l'obscurité de sa retraite, travaillait depuis plusieurs années à une œuvre toute semblable. Dès 1820, une société littéraire de province, celle-là même qui avait couronné les premiers vers de Victor Hugo, l'Académie des Jeux Floraux, avait mis au concours cette question : «Quels sont les caractères distinctifs de la littérature à laquelle on a donné le nom de romantique, et quelles ressources pourrait-elle offrir à la littérature classique ?» Ce sujet convenait bien aux méditations de M. Castelnau; il se mit à l'œuvre avec amour. Son dessein était d'expliquer par la philosophie et l'histoire l'apparition de l'esprit nouveau, et de régler ses efforts en lui marquant un but. Les principales théories de l'écrivain, consacrées aujourd'hui, étaient neuves alors et même paradoxales, au moins pour ceux qui ne connaissaient pas les écrits de Lessing et de Herder, les manifestes de Louis Tieck et de Guillaume Schlegel. M. Castelnau voulut donner à sa pensée tous les développements qui en justifiaient la hardiesse. Il renonça au concours afin de travailler plus à loisir, et le mémoire projeté devint un livre. La littérature romantique, considérée comme l'expression du génie moderne, de même que les littératures classiques ont exprimé admirablement la civilisation des anciens ; l'étude des éléments dont se composent les sociétés nouvelles ; l'indication des sentiments nouveaux dus aux croyances religieuses et aux institutions ; les influences diverses du christianisme, de la féodalité, des peuples germaniques, de la nature du Midi et du Nord ; un tableau rapide de l'esprit romantique depuis le moyen âge, et des poètes qui en représentent le développement ; des pages bien senties sur Aristote et le Tasse, sur Shakspeare et Calderon, sur Milton et Klopstock, Schiller et Goethe, Mme de Stael et Châteaubriand, lord Byron et Walter Scott : voilà ce que renferme ce livre écrit au fond d'une province, en 1824, et terminé à l'heure même où *le Globe* prenait si brillamment la parole pour la défense des mêmes principes littéraires !

Il nous semble que ces rapprochements donnent quelque intérêt au docte et modeste ouvrage que nous publions aujourd'hui. Si l'on n'approuve pas tous les principes de l'auteur, si l'on trouve sa méthode trop circonspecte et ses divisions trop multipliées ; si ses théories n'ont plus cette opportunité féconde qui est le premier devoir de la critique, on se rappellera qu'il a écrit son livre au moment où la philosophie de l'art se renouvelait, et que lui-même, ouvrier obscur mais zélé de

cette rénovation, éclairé depuis lors par le progrès
général, il avait sans doute complété son œuvre
au fond de son esprit. Pourquoi ne l'a-t-il pas
publié avec les modifications qu'elle exigeait ?
Rendu sans partage à ses studieux loisirs, il re-
voyait avec une attention scrupuleuse les travaux
de sa jeunesse, lorsqu'une mort affreuse vint le
frapper. Le 15 juillet 1855, il prenait un bain
de mer près des cabanes de Palavas, à l'endroit
où le Lez se jette dans la Méditerranée. Un de
ces courants sous-marins qui se forment souvent
d'une manière subite agita tout à coup la plage,
ordinairement si tranquille et si sûre. M. Castelnau fut-il entraîné par le courant ? Ou bien,
étourdi par la violence du coup, fut-il soudain
comme paralysé au moment où il avait besoin de
déployer toute sa force ? Cette dernière opinion
paraît la plus probable ; car M. Castelnau, en
véritable ami de la nature, excellait dans l'exer-
cice de la nage. Il disparut sous les vagues, et

ce fut en vain que les bateliers se précipitèrent à
son secours. Quelques heures après, les pêcheurs
de la côte retrouvaient son corps au fond de l'eau.
Sa mort fut un deuil pour la cité. Il est resté de
de lui le souvenir d'une vie pure, d'une vie dévouée
au bien, au vrai, à l'étude des lettres, et mar-
quée par d'intéressants travaux. L'écrit qu'on va
lire n'ajoutera rien au respect qui entoure sa mémoire ; nous le publions afin de restituer une page
à l'histoire du mouvement littéraire qui précède
1830.

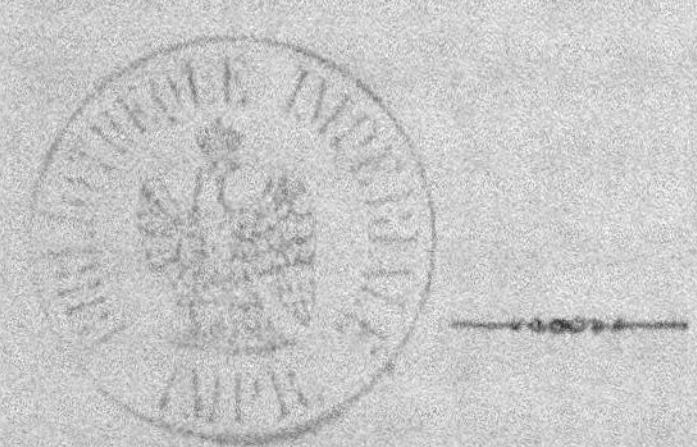